U0093509

哈福

哈福

—— 用聽的學文法，最輕鬆 ——

世界最簡單 日語文法

學一次，用一輩子

附QR碼線上音檔
行動學習 即刷即聽

朱讌欣・田中紀子
◎合著

日語文法，看這本就會了

哈福

50音總表

清音

MP3-2

	あ段	い段	う段	え段	お段
あ行	a あ	i い	u う	e え	o お
か行	ka か	ki き	ku く	ke け	ko こ
さ行	sa さ	shi し	su す	se せ	so そ
た行	ta た	chi ち	tsu つ	te て	to と
な行	na な	ni に	nu ぬ	ne ね	no の
は行	ha は	hi ひ	fu ふ	he へ	ho ほ
ま行	ma ま	mi み	mu む	me め	mo も
や行	ya や	(い)	yu ゆ	(え)	yo よ
ら行	ra ら	ri り	ru る	re れ	ro ろ
わ行	wa わ	(い)	(う)	(え)	o を
鼻音	n ん				

濁音・半濁音

ga が	gi ぎ	gu ぐ	ge げ	go ご
za ざ	ji じ	zu ず	ze ぜ	zo ぞ
da だ	ji ぢ	zu づ	de で	do ど
ba ば	bi び	bu ぶ	be べ	bo ぼ
pa ぱ	pi ぴ	pu ぷ	pe ぺ	po ぽ

拗音

kya きゃ	kyu きゅ	kyo きょ
gya ぎゃ	gyu ぎゅ	gyo ぎょ
sha しゃ	shu しゅ	sho しょ
ja じゃ	ju じゅ	jo じょ
cha ちゃ	chu ちゅ	cho ちょ
nya にゃ	nyu にゅ	nyo にょ

hya ひゃ	hyu ひゅ	hyo ひょ
bya びゃ	byu びゅ	byo びょ
pya ぴゃ	pyu ぴゅ	pyo ぴょ
mya みゃ	myu みゅ	myo みょ
rya りゃ	ryu りゅ	ryo りょ

目錄

前言

日本語的規則

在進入文法細節之前，先介紹「日本語的基礎構造為『主題+敘述』」、「述語放在句末」、「句子的語句功能是依照接續的助詞而不同」等三項有助於學習的規則。

規則一　日本語的基礎構造為『主題+敘述』

「私の名前は鈴木一郎です。」(我的名字是鈴木一郎)。

這句子的「主題」是「私の名前」，敘述的部分是「鈴木一郎」。主題就是，説話者和聽者(對於某件事)有共識。「は」表示接續。敘述就是，敘述關於説話者提供給聽者的主題的新情報。

以上面的句子為例，當説話者一説到「私の名前は」時，也就是提供主題關於「現在開始我要向你説到『我的名字』」。接下來的「鈴木一郎です」就是提供關於主題「私の名前」的新情報。

「は」接續在「主題」之後有幾個條件。一旦知道其條件，就容易分辨表示主題的「は」以及表示主格「が」的不同。

條件1：在會話中已經成為話題

敘述關於已經在會話的話題中登場的事件、人物的新情報時，接續「は」表示主題。

條件2：說話者和聽者有共識

敘述關於説話者和聽者實際上共同看見的範圍中，兩者都有見過、都知道的事的時候，接續「は」表示主題。

條件3：期待聽者對於敘述的內容給予肯定

例如:「果物屋にリンゴを買いに行った。」(去水果行買了蘋果)。這時日本人會向水果行的人尋問:「リンゴはありますか?」(有蘋果嗎?)這是因為認為水果行一定有蘋果。所期待聽者——水果行的人有一個肯定回答。

條件4：給予定義

例如，定義「1足す1は2です。」(1加1是2。)，或是「日本の首都は東京です。」(日本的首都東京。)等事物時，被定義的事物接續「は」。

主題的「は」以及主語的「が」

在此簡單的介紹一下在「主題+敘述」的構成裡，經常放在句首的助詞「は」，以及格助詞「が」。格助詞「が」表示主語，但不表示主題。其主要的其他功能如下:

※「格助詞「が」的主要功能

1)一般而言表示主語。

2)在描寫事物或狀況的句子中表示主語。

3)凡接續「が」時，所表達的只限於後面直接接續的語意。

4)在以疑問詞為主語的子中表示主語，在回答的句子中表示其和疑問詞相對的主語。

規則二　述語放在句末

敘述狀態或存在、動作、性質等述語放在句末也是日本語的特徵之一。因為在日本語中的主題是非常重要的要點，在會話或文章裡，重要的是主題先引起人們的注意，才能繼續談話或閱讀。由於決定終結句子內容的述語放在句末，因此對於會話或文章，需要完整地聽完或讀完整個句子。

規則三　句子的語句功能是依照接續的助詞而不同

構成的句子有6個要素:「いつ、どこで、誰が、何を、どうして、どうなった」(何時、在哪裡、誰、做什麼、為什麼、怎麼了)。表示各個要素的功能，是稱為助詞的品詞。請看以下的例句。

1.昨日木村さんが花をくれました。

2.木村さんが花を昨日くれました。

3.花を昨日木村さんがくれました。

三個句子的語順不同，但是因為助詞要完成辨識句子的功能，除了述語的「くれました」以外，「木村さん」「花」等的位置即使不同，事實上其各別的意思不變。日本語可以不太侷限在語順的先後排列。

但是，完全記住所有助詞的功能非常不容易。建議是先學習句型以及基本文法比較有效率。

1 日本語(にほんご)の基礎(きそ)

肯定・断定文

「名詞aは名詞bです」

私(わたし)は会社員(かいしゃいん)です。

必修例文

私(わたし)は学生(がくせい)です。

私(わたし)は公務員(こうむいん)です。

私(わたし)は王健明(おうけんめい)です。

3-01:03

疑問文

「名詞aは名詞bですか」

王(おう)さんは会社員(かいしゃいん)ですか。

❶ 日本語的基礎

肯定・斷定句

（名詞a）是（名詞b）

我是公司職員。

必修例句

我是學生。

我是公務員。

我是王健明。

重點解說

「名詞は名詞です」是日本語的基礎句型。「は」接續在當作主題或話題的名詞之後，表示主題或話題的格助詞。「です」是判斷或斷定的助動詞，接續名詞構成敘述部分的述語。「は」以下的敘述部分是有關話題或主題的主要新情報。

疑問句

（名詞a）是（名詞b）嗎？

王先生是公司職員嗎？

必修例文

王（おう）：木村（きむら）さんは学生（がくせい）ですか。

木村（きむら）：はい。学生（がくせい）です。

高橋（たかはし）：陳（ちん）さんは公務員（こうむいん）ですか。

陳（ちん）：はい。公務員（こうむいん）です。

否定文

「名詞a は名詞bじゃありません」

私（わたし）は会社員（かいしゃいん）じゃありません。

必修例文

私（わたし）は学生（がくせい）じゃありません。

私（わたし）は公務員（こうむいん）じゃありません。

私（わたし）は王健明（おうけんめい）じゃありません。

必修例句

王　：木村先生是學生嗎？
木村：是。我是學生。

高橋：陳先生是公務員嗎？
陳　：是。我是公務員。

重點解說

句尾一旦加上「か」就成了疑問句。說話時句尾音調上揚。若是知道對方的姓氏卻直稱「あなた」是不禮貌的。稱呼對方的姓氏時還要加「さん」。但是稱呼自己不加「さん」。

否定句

（名詞a）不是（名詞b）

我是公務員。私は　社員じゃありません。

必修例句

我不是學生。
我不是公務員。
我不是王健明。

重點解說

否定句表示否定的意思，以「じゃありません」取代表示肯定、斷定的「です」。小說或報章雜誌等使用文書體時，否定句的助動詞是「ではありません」或「ではない」。會話體的否定句助動詞表現是「じゃありません」或「じゃないです」。

必修会話

初対面(しょたいめん)

王：こんにちは。はじめまして。あなたは鈴木さんですか。私は王です。

鈴木：はじめまして。鈴木です。

王：鈴木さんは学生ですか。

鈴木：いいえ。学生じゃありません。会社員です。

3-03:07

異なる主題が同一の叙述であることを示す文

「名詞aも」

王さんは会社員です。

鈴木さんも会社員です。

必修例文

高橋さんは日本人です。

鈴木さんも日本人です。

必修會話

初次見面

王　：你好。初次見面。你是鈴木先生嗎？我姓王。

鈴木：初次見面。我是鈴木。

王　：鈴木先生是學生嗎？

鈴木：不是。我不是學生。我是公司職員。

不同主題採用同一敘述的句子

（名詞a）也…。

王先生是公司職員。

鈴木先生也是公司職員。

必修例句

高橋先生是日本人。

鈴木先生也是日本人。

重點解說

將要敘述的句子，和前面的主題名詞已經敘述的句子，相同的時候，文中表示主題的格助詞以「も」代替「は」。相反地，當兩者敘述內容各不同時，使用表示主題的格助詞「は」。

王(おう)さんは学生(がくせい)です。

徐(じょ)さんも学生(がくせい)です。

名詞で名詞を修飾する

「名詞aの名詞b」

徐(じょ)さんは交通大学(こうつうだいがく)の学生(がくせい)です。

必修例文

田中(たなか)：王(おう)さんは台北市(タイペイし)の公務員(こうむいん)ですか。

王(おう)　：はい。そうです。

河野(こうの)：許(きょ)さんは大学(だいがく)の教授(きょうじゅ)ですか。

許(きょ)　：いいえ。私(わたし)は大学(だいがく)の職員(しょくいん)です。

必修会話

原田(はらだ)：許(きょ)さんは交通大学(こうつうだいがく)の学生(がくせい)ですか。

許(きょ)　：はい。私(わたし)は交通大学(こうつうだいがく)の学生(がくせい)です。

王先生是學生。
徐小姐也是學生。

以名詞修飾名詞

（名詞a）的（名詞b）

徐小姐是交通大學的學生。

必修例句

田中：王小姐是台北市的公務員嗎？
王　：是的。我是。

河野：許先生是大學的教授嗎？
許　：不是。我是大學的職員。

重點解說

「名詞a」修飾接續在其後的「名詞b」時，二個名詞之間用格助詞「の」連結。這裡的「の」表示「名詞a」是「名詞b」所屬的事物。

必修會話

原田：許小姐是交通大學的學生。
許　：是。我是交通大學的學生。

原田：江(こう)さんも交通大学(こうつうだいがく)の学生(がくせい)ですか。

江(こう)　：はい。私(わたし)も交通大学(こうつうだいがく)の学生(がくせい)です。

原田：李(り)さんも交通大学(こうつうだいがく)の学生(がくせい)ですか。

許　：いいえ。李(り)さんは交通大学(こうつうだいがく)の学生(がくせい)じゃありません。

他動詞と目的語

「名詞を他動詞」

ラーメンを食(た)べます。

必修例文

A：コーヒーを飲(の)みますか。

B：はい。飲(の)みます。

A：昼(ひる)ごはんを食(た)べませんか。

B：いいですね。食(た)べましょう。

A：一緒(いっしょ)にバスケットボールをしませんか。

B：はい。しましょう。

原田：江先生也是交通大學的學生嗎？
江　：是。我也是交通大學的學生。
原田：李小姐也是交通大學的學生嗎？
許　：不是。李小姐不是交通大學的學生。

他動詞和目的語

「名詞を他動詞」

吃拉麵。

必修例句

A：喝咖啡嗎？
B：好，我要喝。
A：去吃午飯嗎？
B：好啊。去吃吧。

A：一起去打籃球吧？
B：好，走吧。

重點解說

他動詞就是動詞本身的動作影響所及關係到其他事物的動詞。助詞「を」表示影響所及的對象。其對象就稱作「目的語」。「動詞ませんか」比「動詞ますか」更加顧慮到對方的心意，表達勸誘。使用「動詞ましょう」則表示積極地邀請。「動詞します」表示實行前面的名詞所指的事情。

2 これは何(なに)？

4-00:09

物を指し示す言葉

「これ／それ／あれ」

これは傘(かさ)です。

それはかばんです。

あれはテレビです。

「この 名詞／その 名詞／あの 名詞」

この本(ほん)は私(わたし)の本(ほん)です。

そのボールペンは陳(ちん)さんのボールペンです。

あの車(くるま)は木村(きむら)さんの車(くるま)です。

4-01:36

選択を示す疑問詞

「どれ」

どれが辞書(じしょ)ですか。

❷ 這個是什麼？

指示東西的語詞

「這個／那個（較近）／那個（較遠）」

這個是傘。

那個是皮包。

那個是電視。

「這個＋名詞／那個＋名詞／那個＋名詞」

這本書是我的書。

那支原子筆是陳先生的原子筆。

那輛車是木村先生的車。

表示選擇的疑問詞

「哪個」

哪本是字典呢？

「どの 名詞」

どの傘(かさ)が安倍(あべ)さんの傘(かさ)ですか。

必修例文

これはコートです。

それは携帯電話(けいたいでんわ)です。

あれは車(くるま)です。

どれが塩(しお)ですか。

必修会話

これ・それ

徐(じょ)　：これは傘(かさ)ですか。

鈴木(すずき)：はい。それは傘(かさ)です。

この・その

鈴木(すずき)：このかばんは徐(じょ)さんのですか。

徐(じょ)　：はい。そのかばんは私(わたし)のかばんです。

「哪個＋名詞」

哪支傘是安倍小姐的傘呢？

必修例句

這是大衣。

那是手機。

那是車子。

哪一個是鹽呢？

必修會話

這個・那個

徐　：這是傘嗎？

鈴木：是的。那是傘。

這個・那個

鈴木：那個皮包是徐先生的嗎？

徐　：是的。那個皮包是我的皮包。

重點解說

「これ／それ／あれ」是不直接說出事物名稱時的指示代名詞。「これ」指示距離說話者近的事物。「それ」指示距離聽話者近的事物。「あれ」指示距離說話者、聽話者都遠的事物。

「この／その／あの」修飾表示人事物的名詞。「この＋名詞」表示距離說話者近的人事物，「その＋名詞」表示距離聽話者近人事物，「あの＋名詞」表示距離說話者、聽話者都遠的人事物。

「どれ」為指示從三個以上複數的東西中，特定其中一個時的疑問詞。放在句首時，接續格助詞「が」。「どの＋名詞」修飾表示人事物的名詞，從三個以上複數的同類人事物中，特定其中一個時使用。

あれ

高橋（たかはし）：あれはコートですか。

王（おう）　：あれはコートです。

あの

高橋（たかはし）：あの車（くるま）は王（おう）さんの車（くるま）ですか。

王（おう）　：いいえ、あの車（くるま）は私（わたし）のじゃありません。

どれ

徐（じょ）　：どれが塩（しお）ですか。

鈴木（すずき）：これが塩（しお）です。

どの

鈴木（すずき）：どのコップが徐（じょ）さんのですか。

徐（じょ）　：このコップが私（わたし）のです。

わからない物事を明らかにする疑問詞

「何」（なん・なに）

これは何（なん）ですか。

何（なん）の本（ほん）ですか。

那個

高橋：那是大衣嗎？
王　：那是大衣。

那個

高橋：那輛車是王小姐的車嗎？
王　：不是，那輛車不是我的。

哪個

徐　：哪一個是鹽呢？
鈴木：這個是鹽。

哪個

鈴木：哪一個杯子是徐小姐的呢？
徐　：那個杯子是我的。

清楚表示事物的疑問詞

「什麼」

這是什麼呢？
什麼樣的書呢？

必修例文

A：それは何(なん)ですか。

B：おにぎりです。

A：何(なん)の雑誌(ざっし)ですか。

B：ファッション雑誌(ざっし)です。

場所を指し示す言葉

「ここ／そこ／あそこ」

ここはデパートです。

そこはレストランです。

駅(えき)はあそこです。

「どこ」

受付(うけつけ)はどこですか。

必修例句

A：那是什麼呢？
B：是飯糰。

A：什麼樣的雜誌呢？
B：時尚雜誌。

重點解說

「何」使用於詢問不知事物的名稱或真正的樣子時。其後接續「た行」「だ行」「な行」時，發音為「なん」；否則發音為「なに」。1. 這裡「の」的意思是表明事物是屬於「名詞a」或「名詞b」。2. 「の」的意思是清楚知道「名詞a」時，「名詞b」可以省略。但是「名詞b」是關係到人物時不能省略。

指示場所的語詞

「這裡／那裡（較近）／那裡（較遠）」

這裡是百貨公司。
那裡是餐廳。
車站在那裡。

「在哪裡」

櫃台在哪裡呢？

必修例文

ここは洋服（ようふく）売（う）り場（ば）です。

バス停（てい）はそこです。

エレベーターはあそこです。

トイレはどこですか。

必修会話

場所を確認する

洪（こう）　：アクセサリー売（う）り場（ば）はここですか。

店員（てんいん）：はい。こちらです。

場所を尋ねる

米倉（よねくら）：すいません、家具（かぐ）売（う）り場（ば）はどこですか。

店員（てんいん）：はい。6階（かい）です。

所属している組織などを尋ねる

楊（よう）　：藤原（ふじわら）さんの会社（かいしゃ）はどこですか。

藤原（ふじわら）：姿生堂（しせいどう）です。

必修例句

這裡是西裝的賣場。

巴士站在那裡。

電梯在那裡。

洗手間在哪裡呢？

必修會話

確認場所

洪　：首飾賣場在哪裡呢？

店員：是，在這裡。

尋問場所

米倉：對不起。家具賣場在哪裡呢？

店員：是的。6樓。

尋問所屬的組織等

楊　：藤原先生的公司在哪裡呢？

藤原：姿生堂。

重點解說

「ここ／そこ／あそこ」是表示場所的代名詞。「ここ」表示距離說話者近的地方，「そこ」表示距離聽話者近的地方，「あそこ」表示距離說話者、聽話者都遠的地方。

為詢問場所或方向時使用的疑問詞。也可以用來詢問所屬的國家、社會、學校或組織等時使用。朋友等之間對話，可以使用「こっち／そっち／あっち／どっち」代替「ここ／そこ／あそこ／どこ」的正式說法。最客氣的對話時，使用「こちら／そちら／あちら／どちら」。

3 桜(さくら)はきれいです。

形容詞・肯定文

「名詞はい形容詞いです。」

「名詞 はな形容詞です。」

あの映画(えいが)は面白(おもしろ)いです。

インターネットは便利(べんり)です。

必修例文

A：この料理(りょうり)はおいしいですか。

B：はい。おいしいです。

A：携帯電話(けいたいでんわ)は便利(べんり)ですか。

B：はい。便利(べんり)です。

③ 櫻花很漂亮。

形容詞（的）肯定句

「（名詞 ）是（い形容詞）
（名詞）是（な形容詞）」

那部電影很有趣。
網路很方便。

必修例句

A：這道料理好吃嗎？
B：是的。好吃。

A：手機方便嗎？
B：是的。方便。

重點解說

「い形容詞」是字尾「い」的形容詞，放在名詞之前修飾名詞。句末直接接「です」。「な形容詞」是字尾「な」的形容詞，放在名詞之前修飾名詞。這是句尾放置形容詞，用以表明敘述為主的主語或主題的性質。

「い形容詞い名詞です。」

「な形容詞な名詞です。」

これは新(あたら)しいかばんです。

ここは静(しず)かな街(まち)です。

必修例文

A：それは新(あたら)しい靴(くつ)ですか。

B：はい。これは新(あたら)しい靴(くつ)です。

A：陳(ちん)さんは元気(げんき)な人(ひと)ですか。

B：はい。陳(ちん)さんは元気(げんき)な人(ひと)です。

形容詞の否定形変化

「い形容詞くありません」

「な形容詞じゃありません」

この映画(えいが)は面白(おもしろ)くありません。

今日(きょう)の夜市(よるいち)はにぎやかじゃありません。

（い形容詞）＋名詞 ／（な形容詞）＋名詞」

這個是新的皮包。
這裡是安靜的街道。

必修例句

A：那是新的鞋子嗎？
B：是的。那是新的鞋子。

A：陳先生健康嗎？
B：是的。
陳先生是很健康的人。

重點解說

「い形容詞」的否定形是「-い」變化為「-くありません」。「な形容詞」的否定形是「-な」變化為「-じゃありません」。

形容詞否定形變化

不（い形容詞）…。
不（な形容詞）…。

這部電影很無趣。
今天的夜市不熱鬧。

5-02:47

代表的な形容詞

「い形容詞」

新(あたら)しい　古(ふる)い　大(おお)きい　小(ちい)さい　暑(あつ)い　寒(さむ)い

熱(あつ)い　冷(つめ)たい　高(たか)い　安(やす)い　忙(いそが)しい　いい／良(よ)い

「い形容詞」否定形

新(あたら)しくないです　古(ふる)くないです　大(おお)きくないです

小(ちい)さくないです　暑(あつ)くないです　寒(さむ)くないです

熱(あつ)くないです　冷(つめ)たくないです　高(たか)くないです

安(やす)くないです　忙(いそが)しくないです　良(よ)くないです

「な形容詞」

簡単(かんたん)（な）　きれい（な）　元気(げんき)（な）　静(しず)か（な）

親切(しんせつ)（な）　大事(だいじ)（な）　にぎやか（な）

暇(ひま)（な）　便利(べんり)（な）　有名(ゆうめい)（な）

「な形容詞」否定形

簡単(かんたん)じゃありません　きれいじゃありません

元気(げんき)じゃありません　静(しず)かじゃありません

親切(しんせつ)じゃありません　大事(だいじ)じゃありません

にぎやかじゃありません　暇(ひま)じゃありません

便利(べんり)じゃありません　有名(ゆうめい)じゃありません

代表性的形容詞

「い形容詞」

新的　舊的　大的　小的　熱的（天氣）　冷的（天氣）

熱的　冷的　貴的　便宜的　忙的　好的／好的

「い形容詞」否定形

不新的　不舊的　不大的

不小的　不熱的（天氣）　不冷的（天氣）

不熱的　不冷的　不高貴的

不便宜的　不忙的　不好的

「な形容詞」

簡單的　漂亮的　有精神的　安静的

親切的　重要的　熱鬧的

空閒的　方便的　有名的

「な形容詞」否定形

不簡單的　不漂亮的　沒有精神的　不安静的

不親切的　不重要的　不熱鬧的　沒空的

不方便的　無名的

必修例文

このお茶(ちゃ)は熱(あつ)くないです。

この問題(もんだい)は簡単(かんたん)じゃありません。

必修会話

曾(そう)：この料理(りょうり)はおいしいですか。

横山(よこやま)：はい。おいしいです。

藤田(ふじた)：台湾(たいわん)は寒(さむ)いですか。

郭(かく)：いいえ。寒(さむ)くないです。

大下(おおした)：台北(タイペイ)のバスは便利(べんり)ですか。

董(とう)：はい、便利(べんり)です。

周(しゅう)：この歌手(かしゅ)は有名(ゆうめい)ですか。

石井(いしい)：いいえ。有名(ゆうめい)じゃありません。

「名詞は どうですか」

台湾(たいわん)の生活(せいかつ)はどうですか。

桜(さくら)の花(はな)はどうですか。

必修例句

這個茶不熱。

這個問題不簡單。

必修會話

曾　：這道料理好吃嗎？
橫山：是的，好吃。

藤田：台灣冷嗎？
郭　：不會。不冷。

大下：台北的巴士很方便嗎？
董　：是的，很方便。

周　：這個歌手有名嗎？
石井：不，不有名。

（名詞　）＋如何呢？

台灣的生活如何呢？

櫻花怎樣呢？

必修例文

A：仕事（しごと）はどうですか。

B：忙（いそが）しいです。

A：台湾（たいわん）の料理（りょうり）はどうですか。

B：おいしいです。

A：台湾（たいわん）の街（まち）はどうですか。

B：にぎやかです。

必修会話

葉（よう）　：木村（きむら）さん、台湾（たいわん）の夏（なつ）はどうですか。

木村（きむら）：暑（あつ）いです。

松坂（まつざか）：謝（しゃ）さん、この花（はな）はどうですか。

謝（しゃ）　：きれいです。

必修例句

A：工作如何呢？
B：很忙。

A：台灣的料理如何呢？
B：好吃。

A：台灣的街道如何呢？
B：熱鬧。

重點解說

「どう」是詢問事情的內容、狀態或狀況，感想或意見等的疑問詞。至於使用「どうですか」來詢問「台湾はどうですか」或「日本はどうですか」等範圍太大的事，有時是不容易回答的。

必修會話

葉　：木村小姐，台灣的夏天如何呢？
木村：很熱。

松坂：謝小姐，這朵花如何呢？
謝　：漂亮。

い形容詞　活用変化表

ます形：	たかい（高い）	おいしい	やすい（安い）
語幹　：	たかい	おいしい	やすい
辞書形：	たかい	おいしい	やすい
否定形：	たかい	たかくありません	
	おいしい	おいしくありません	
	やすい	やすくありません	

5-07:34

「名詞a は どんな 名詞b ですか。」

水野(みずの)さんはどんな人(ひと)ですか。

神戸(こうべ)はどんな町(まち)ですか。

必修例文

A：IBNはどんな会社(かいしゃ)ですか。

B：大(おお)きい会社(かいしゃ)です。

A：東京大学(とうきょうだいがく)はどんな大学(だいがく)ですか。

B：有名(ゆうめい)な大学(だいがく)です。

5-08:24

比較

「名詞aは名詞bより形容詞です。」

台北(タイペイ)101ビルは東京(とうきょう)タワーより高(たか)いです。

この携帯電話(けいたいでんわ)はあの携帯電話(けいたいでんわ)より便利(べんり)です。

「（名詞a）+是怎樣的+（名詞b）呢？」

水野先生是怎樣的人呢？
神戶是怎樣的街道呢？

必修例句

A：IBN是怎樣的公司呢？
B：是大公司。

A：東京大學是怎樣的大學呢？
B：有名的大學。

重點解說

「どんな」是在詢問關於名詞a的感想，要求說明時使用的疑問詞。名詞b是名詞a所屬的事情。

比較

「（名詞a）比（名詞b）+ 形容詞 。」

台北101大樓比東京鐵塔還高。
這個手機比那個手機方便。

必修例文

A：この携帯電話(けいたいでんわ)はあの携帯電話(けいたいでんわ)より新(あたら)しいですか。

B：はい。新(あたら)しいです。

A：この街(まち)の休日(きゅうじつ)は平日(へいじつ)より静(しず)かですか。

B：いいえ。静(しず)かじゃありません。

必修会話

蘇(そ)　：藤田(ふじた)さん、台北(タイペイ)の街(まち)はどうですか。

藤田(ふじた)：にぎやかです。車(くるま)とバイクがとても多(おお)いですね。

蘇　：バイクはとても便利(べんり)ですよ。

藤田：バイクはバスより便利(べんり)ですか。

蘇　：はい。便利(べんり)です。

必修例句

A：這個手機比那個手機新嗎？
B：是的。比較新。

A：這條街星期假日比平時安靜嗎？
B：不會，不安靜。

必修會話

蘇　：藤田小姐，台北的街道如何呢？
藤田：很熱鬧。車子和摩托車非常多。
蘇　：摩托車非常方便呦。
藤田：摩托車比巴士方便嗎？
蘇　：是的，很方便。

重點解說

比較「名詞a」和「名詞b」的二樣事物共通的性質或狀態時，以「名詞b」為基準，敘述主題的「名詞a」的性質、狀態。

い形容詞 活用變化表

過去形：たかい　たかかったです
　　　　おいしい　おいしかったです
　　　　やすい　やすかったです

過去否定形：たかい　たかくありませんでした
　　　　　　おいしい　おいしくありませんでした
　　　　　　やすい　やすくありませんでした

二つの形容詞文を接続する

「い形容詞くて、形容詞」

あの猫(ねこ)は小(ちい)さくて、かわいいです。

必修例文

あのレストランの料理(りょうり)は安(やす)くて、おいしいです。

（「あのレストランの料理は安いです。」＋「あのレストランの料理はおいしいです。」）

「な形容詞／名詞で、…。」

林(りん)さんはきれいで、優(やさ)しいです。

田中(たなか)さんは日本人(にほんじん)で、成功大学(せいこうだいがく)の留学生(りゅうがくせい)です。

接續二個形容詞句

（い形容詞）くて形容詞

那隻貓又小又可愛。

必修例句

那家餐廳的菜又便宜又好吃。
（那家餐廳的菜便宜。+ 那家餐廳的菜好吃。）

重點解說

「い形容詞」接在其他句子之後時，語尾「…い」變化為「…くて」。例如：「高い」是「高くて」。但是例外為「いい（好）」要變化為「よくて」。需要注意的是，句子的內容只限於前後都是「（正面的意思）、（正面的意思）」或前後都是「（負面的意思）、（負面的意思）」時使用。

「な形容詞／名詞で、…」

林小姐又漂亮又溫柔。
田中先生是日本人又是成功大學的留學生。

必修例文

金沢(かなざわ)は静(しず)かで、きれいな町(まち)です。

（金沢は静かです。＋金沢はきれいな町です。）

必修会話

町田(まちだ)：方(ほう)さん、方(ほう)さんの友(とも)だちの黄(こう)さんはどんな人(ひと)ですか。

方(ほう)　：黄(こう)さんは、美人(びじん)で元気(げんき)な女性(じょせい)です。

町田：そうですか。

方　：あの髪(かみ)が長(なが)くて、背(せ)が高(たか)い人(ひと)が黄(こう)さんです。

い形容詞　活用変化表

て形：　たかい　たかくて
おいしい　おいしくて
やすい　やすくて

普通形：たかい
おいしい
やすい

普通形過去：たかい　たかかった
おいしい　おいしかった
やすい　やすかった

必修例句

金澤是又安靜又漂亮的城鎮。

（金澤是又安靜。金澤是漂亮的城鎮。）

必修會話

町田：方先生，方先生的朋友黃小姐是怎樣的人呢？

方　：黃小姐是美人又有活力的女性。

町田：是嘛。

方　：那一位頭髮長身材又高的人就是黃小姐。

重點解說

「な形容詞」以及「名詞」的句子，語尾「…です」活用變化為「…で」，就可再接續其他的句子。例如：「にぎやかです」變化為「にぎやかで」、「会社員です」變化為「会社員で」。但要注意的是，句子只限於前後都是「（正面的意思）、（正面的意思）」或前後都是「（負面的意思）、（負面的意思）」時使用。

句子內容為「（正面的意思）、（負面的意思）」或「（負面的意思）、（正面的意思）」時不使用「…くて／…で」，而是使用「…ですが」

例如：あのレストランの料理は高いですが、まずいです。

（那家餐廳又貴又難吃。）

4 今朝(けさ)5時(じ)に起(お)きました。

6-00:09

現在・過去・未来

「今～時～分です」

今(いま)7時(じ)10分(ぷん)です。

今(いま)何(なん)時(じ)ですか。

必修例文

A：すいません、今(いま)何(なん)時(じ)ですか。

B：6時(じ)半(はん)です。

A：今(いま)何(なん)分(ぷん)ですか。

B：45分(ふん)です。

A：香港(ホンコン)は今(いま)何(なん)時(じ)ですか。

B：今(いま)3時(じ)50分(ぷん)です。

④ 今早5點起床。

現在・過去・未來

「現在～點～分」

現在7點10分。

現在幾點呢？

必修例句

A：對不起。現在幾點呢？

B：6點半。

A：現在幾分呢？

B：45分。

A：香港現在幾點呢？

B：現在3點50分。

重點解說

使用助數詞「時」「分」表示時間。「今」放在句首，表示現在不加助詞。「分」的讀法：「2、5、7、9」：「ふん」「1、3、4、6、8、10」：「ぷん」。另外，接續在「分」之後的數字也有不同的讀法。「1」：「いっ」「6」：「ろっ」「8」：「はっ」「10」：「じゅっ（じっ）」。詢問時間的疑問詞是「何」。例如：「何分」＝「なんぷん」。

現在肯定

「動詞ます」

私(わたし)は毎日(まいにち)テレビを見(み)ます。

必修例文

A：毎日勉強(まいにちべんきょう)しますか。

B：はい。毎日勉強(まいにちべんきょう)します。

6-01:39

現在・過去・未来

「名詞 に 動詞 ます／ません／ま し た ／ませんでした」

私(わたし)は毎(まい)朝7時(じ)に起(お)きます。

私(わたし)は明日(あした)7時(じ)に起(お)きません。

私(わたし)は昨日(きのう)7時(じ)に起(お)きました。

私(わたし)は昨日(きのう)7時(じ)に起(お)きませんでした。

現在肯定

「做～」

我每天看電視。

必修例句

A：每天唸書嗎？

B：是的，每天都唸書。

重點解說

「ます」接續在動詞之後，使動詞有述語的功用以及對說話者的客氣表現。「動詞＋ます」是「動詞ます形」的動詞變化之一。

現在・過去・未來

「名詞に動詞ます／ません／ました／ませんでした」

我每天早上7點起床。

我明天7點不起床。

我昨天7點起床。

我昨天7點沒起床。

必修例文

A：明日(あした)、何時(なんじ)に出発(しゅっぱつ)しますか。

B：10時(じ)に出発(しゅっぱつ)します。

A：先週(せんしゅう)の土曜日(どようび)、買(か)い物(もの)しましたか。

B：いいえ。買(か)い物(もの)しませんでした。

6-03:01

「名詞a と 名詞b」

会社(かいしゃ)の休(やす)みは土曜日(どようび)と日曜日(にちようび)です。

必修例文

客(きゃく)　：今月(こんげつ)の休(やす)みは何日(なんにち)ですか。

店員(てんいん)：15日(にち)と25日(にち)です。

「名詞a から 名詞b まで」

私(わたし)は毎日(まいにち)9時(じ)から5時(じ)まで働(はたら)きます。

必修例句

A：明天幾點出發呢？
B：10點出發。

A：上星期六買了東西嗎？
B：沒有，沒有買東西。

重點解說

表示時間的接續助詞「に」可以表示動作發生的時間。若有包含時間名詞的数字時，「に」可以省略。「動詞＋ます」有不同的時態變化：「動詞＋ます（例：食べます）」：敘述不變的真理、習慣或未来事情。「動詞＋ません（例：食べません）」：「動詞＋ます」的否定形。「動詞＋ました（例：食べました）」：使用於表示過去發生的事。「動詞＋ませんでした（例：食べませんでした）」：「動詞＋ました」的否定形。

「（名詞a）和 （名詞b）」

公司休息是星期六和星期天。

必修例句

客　：這個月的休息是幾號呢？
店員：15號和25號。

重點解說

敘述幾個名詞的時候使用助詞「と」連結名詞和名詞。連結三個以上的名詞時不使用「と」。

「從（名詞a）到 （名詞b）」

我每天從9點工作到5點。

必修例文

A：銀行は何時から何時までですか。

B：9時から3時までです。

A：連休は何日からですか。

B：29日からです。

A：テストは何曜日までですか。

B：金曜日までです。

必修会話

客　：すいません。そちらのお店は何時から何時までですか。

店員：はい。9時から8時までです。

客　：そうですか。休みは何曜日ですか。

店員：休みは月曜日です。

客　：わかりました。ありがとうございました。

必修例句

A：銀行從幾點到幾點呢？
B：從9點到3點。

A：連假從幾號開始呢？
B：從29號開始。

A：考試是考到星期幾呢？
B：到星期五。

重點解說

「から」表示時間、場所的起點，「まで」表示時間、場所的終點。可以一起使用或單獨使用。

必修會話

客　：對不起。你們的店從幾點到幾點呢？
店員：是的。はい。從9點到8點。
客　：是嘛。休息是星期幾呢？
店員：休息是星期一。
客　：知道了。謝謝。

動詞の活用変化「三類動詞」

ます形：します　きます（来ます）
語幹：します　きます
過去形：します　しました　きます　きました
て形：します　して　きます　きて
ない形：します　しない　きます　こない
辞書形：します　する　きます　くる
た形（普通形過去）：　します　した　きます　きた

6-04:42

「い形容詞かった／くなかった です」

昨日(きのう)のパーティーは楽(たの)しかったです。

去年(きょねん)の冬(ふゆ)は寒(さむ)くなかったです。

必修例文

A：高雄(たかお)は暑(あつ)かったですか。

B：はい。暑(あつ)かったです。

A：タイ料理(りょうり)は辛(から)かったですか。

B：いいえ。辛(から)くなかったです。

6-05:27

「な形容詞でした。／じゃありませんでした。」

デパートは休(やす)みでした。

先週(せんしゅう)は暇(ひま)じゃありませんでした。

「（い形容詞）肯定／否定的過去式」

昨天的派對很有趣。

去年的冬天不冷。

必修例句

A：高雄很熱嗎？

B：是的。很熱。

A：泰國料理很辣嗎？

B：不會，不辣。

重點解說

形容詞也有不同的時態變化。「い形容詞」的時態變化如下：「い形容詞 です（例：高いです）」：現在、未來形。「い形容詞 かったです（例：高かったです）」：過去肯定形。「-いです」變化為「-かったです」。「い形容詞 くなかったです（高くなかったです）」：過去否定形。「-いです」變化為「-くなかったです」。

「（な形容詞）肯定／否定的過去式」

百貨公司休息了。

上星期沒空檔。

必修例文

A：昨日(きのう)の試験(しけん)は簡単(かんたん)でしたか。

B：いいえ。簡単(かんたん)じゃありませんでした。

A：京都(きょうと)は静(しず)かでしたか。

B：はい。静(しず)かでした。

必修会話

加藤(かとう)：徐(じょ)さん、日本旅行(にほんりょこう)はどうでしたか。

徐(じょ)　：楽(たの)しかったです。

加藤：東京(とうきょう)はにぎやかでしたか。

徐　：とてもにぎやかでした。

加藤：天気(てんき)はどうでしたか。

徐　：あまり良(よ)くなかったです。

加藤：疲(つか)れましたか。

徐　：少(すこ)し疲(つか)れました。

必修例句

A：昨天的考試簡單嗎？
B：不。不簡單。

A：京都幽静嗎？
B：是的，很幽靜。

必修會話

加藤：徐小姐，日本旅行怎麼樣呢？
徐　：很愉快。
加藤：東京很熱鬧嗎？
徐　：非常熱鬧。
加藤：天氣怎麼樣呢？
徐　：不怎麼好。
加藤：會累嗎？
徐　：有點累。

重點解說

「な形容詞」的時態變化如下：「な形容詞 です」：現在、未來形。

「な形容詞 でした（例：静かでした）」：過去肯定形。「-です」變化為「-でした」。「な形容詞 じゃありませんでした（例：静かじゃありませんでした）」：過去否定形。「-です」變化為「-じゃありませんでした」。形容詞為表示事物的狀態或性質的詞類、形容詞和表示狀態程度副詞連用時、敘述就更詳細。例：とても　あまり　少し　たいへん　もっと 等副詞。

5 コンビニに弁当（べんとう）があります。

7-00:09

場所に関わる助詞

「場所を表す名詞へ行きます／来ます／帰ります。」

北海道（ほっかいどう）へ行（い）きます。

台北（タイペイ）へ来（き）ました。

うちへ帰（かえ）ります。

必修例文

A：夏休（なつやす）みはどこへ行（い）きますか。

B：高雄（たかお）へ行（い）きます。

A：昨日（きのう）、何時（なんじ）にうちへ帰（かえ）りましたか。

B：11時（じ）に帰（かえ）りました。

❺ 便利商店有（賣）便當。

和場所有關的助詞

「去／來／回來（表示場所的名詞）」

去北海道。
來了台北。
回家。

必修例句

A：暑假要去哪裡嗎？
B：要去高雄。

A：昨天幾點回家的呢？
B：11點回家的。

重點解說

使用移動的動詞時，助詞「へ」表示場所的名詞，表示往場所移動。

「（表示場所的名詞）へ行きます／来ます／帰ります」和「（表示場所的名詞）に行きます／来ます／帰ります」都是正確用法。「へ」是強調方向或角落，「に」是有目的地，強調往某個場所去。

「場所を表す名詞へ動詞ます形／名詞に行きます／来ます／帰ります。」

デパートへ買（か）い物（もの）に行（い）きます。

友達（ともだち）が台北（タイペイ）へ遊びに来（き）ました。

必修例文

A：明日（あした）何（なに）かしますか。

B：海（うみ）へ釣（つ）りに行（い）きます。

A：週末（しゅうまつ）はどこか行（い）きましたか。

B：田舎（いなか）へ家族（かぞく）に会（あ）いに帰（かえ）りました。

A：台湾（たいわん）へ何（なに）をしに来（き）ましたか。

B：中国語（ちゅうごくご）の勉強（べんきょう）に来（き）ました。

必修会話

郭（かく）　：山田（やまだ）さん、旧正月（きゅうしょうがつ）の休（やす）みはどこか行（い）きますか。

「（動詞ます形／名詞 に）去／來／回來（表示場所的名詞）」

去百貨公司買東西。

朋友來台北玩。

必修例句

A：明天要做什麼？

B：到海邊釣魚。

A：週末去了哪裡呢？

B：回鄉下看家人。

A：來台灣做什麼呢？

B：來學中文。

重點解說

「行きます／来ます／帰ります」的目的地是助詞「に」前面的動詞、名詞所表示的行為。「動詞的ます形」就是動詞語尾是「-ます」的語幹。例如：「行きます」的「ます形」語幹是「行き」，「来ます」的「ます形」語幹是「来（き）」。

「何か」是在詢問某事物時使用，「どこか」是在詢問場所時使用。使用「何か」「どこか」時，其後接續的助詞被省略。

必修會話

郭　：山田小姐，過年休假要去哪裡呢？

山田(やまだ)：カナダへ行(い)きます。

郭　：カナダ！観光(かんこう)ですか。

山田：カナダへスキーをしに行(い)きます。

郭　：いいですね。

山田：郭(かく)さんは、正月(しょうがつ)の休(やす)みはどこか行(い)きますか。

郭　：私(わたし)は日本(にほん)へ旅行(りょこう)に行(い)きます。

山田：いいですね。

7-02:55

「場所を表す名詞に移動を表す動詞」

バスに乗(の)ります。

必修例文

A：のどが渇(かわ)きましたね。

B：あの喫茶店(きっさてん)に入(はい)りましょう。

A：休憩(きゅうけい)しませんか。

B：ここに座(すわ)りましょう。

山田：要去加拿大。

郭　：加拿大！觀光嗎？

山田：去加拿大滑雪。

郭　：真好。

山田：郭先生過年休假要去哪裡呢？

郭　：我要去日本旅行。

山田：真好。

「（表示場所的名詞）に（表示移動的動詞）」

乘坐巴士。

必修例句

A：口渴了。

B：進那家咖啡店吧。

A：休息一下吧？

B：在這裡坐一下吧！

重點解說

表示場所的名詞接續助詞「に」和移動動詞一起使用時，可以表示移動動詞所表示的動作目的地或到達地点。

必修会話

田中：郭さん、故宮行きのバス乗り場はここですか。

郭　：そうです。バスはすぐ来ますよ。

田中：ちょっと疲れましたね。この椅子に座りませんか。

郭　：そうですね。ちょっと座りましょう。

田中：あ、あのバスですか。

郭　：そうです。さあ、バスに乗りましょう。

「場所を表す名詞で動詞」

コンビニでお茶を買います。

喫茶店で宿題をします。

必修例文

A：どこでそのカバンを買いましたか。

B：デパートで買いました。

A：一緒に図書館で勉強しませんか。

B：いいですね。

必修會話

田中：郭小姐，去故宮的巴士站是這裡嗎？
郭　：是的。巴士馬上來呦。
田中：有點累了。在這椅子坐一下吧。
郭　：對啊。坐一下吧。
田中：啊，是那一輛巴士嗎？
郭　：對。快上巴士吧。

「（表示場所的名詞）で動詞」

在便利商店買茶。
在咖啡店作功課。

必修例句

A：那個皮包在哪裡買的呢？
B：在百貨公司買的。

A：一起到圖書館用功吧？
B：好啊。

重點解說

表示場所的名詞後面接續助詞「で」，表示動詞發生的場所。

必修会話

梁　：このケーキ、おいしいですね。

小野寺：そうですね。

梁　：どこでこのケーキを買いましたか。

小野寺：東京の有名なケーキ屋で買いました。

梁　：そうですか。

小野寺：今度、そのケーキ屋に一緒に行きませんか。

梁　：はい。行きましょう。

「場所を表す名詞を移動を表す動詞」

公園を散歩します。

必修例文

A：毎朝何時に家を出ますか。

B：毎朝8時に家を出ます。

必修例句

梁　　：這個蛋糕好吃嗎？
小野寺：是啊。
梁　　：這個蛋糕在哪裡買的呢？
小野寺：在東京有名的蛋糕店買的。
梁　　：是嘛。
小野寺：下次一起去那家蛋糕店吧。
梁　　：好，去啊。

「（表示場所的名詞）を（表示移動的動詞）」

在公園散步。

必修例句

A：每天早上幾點出門呢？
B：每天早上8點出門。

表示場所的名詞後面接續助詞「を」和移動動詞一起使用時，可以表示動詞發生的場所或經過的場所。

A：朝どこで電車を降りますか。

B：次の駅で降ります。

必修会話

長谷川：おはようございます。

陳　　：おはようございます。

長谷川：陳さんは毎日早いですね。いつも何時に家を出ますか。

陳　　：私はいつも7時に家を出ます。

7-06:03

「場所を表す名詞に名詞があります」

机の上にパソコンがあります。

私の家にファクスがありません。

必修例文

A：冷蔵庫の中に何がありますか。

B：牛乳と肉と野菜があります。

A：在哪（一站）下車呢？
B：在下一個車站下車。

必修會話

長谷川：早安。
陳　　：早安。
長谷川：陳先生每天都很早哦。經常都幾點出門呢？
陳　　：我總是7點出門。

「（表示場所的名詞）有（名詞）」

桌上有電腦。
我家裡沒有傳真。

必修例句

A：冰箱裡有什麼呢？
B：有牛奶和肉和蔬菜。

A：この金庫の中に何がありますか。

B：何もありません。

必修会話

原：古い箱ですね。

許：私の宝物です。

原：箱の中には何がありますか。

許：写真と日記と、おもちゃです。

「場所を表す名詞に名詞がいます」

あそこに木村さんがいます。

必修例文

A：会社に誰がいますか。

B：誰もいません。

A：水族館に何がいましたか。

B：イルカがいました。

A：這個金庫裡有什麼呢？

B：什麼也沒有。

必修會話

原：好舊的箱子哦。

許：是我的寶貝。

原：箱子裡有什麼呢？

許：有照片、日記和玩具。

重點解說

動詞「あります」表示無生命的事、物的存在。接續格助詞「が」表示事、物的主語。表示其存在場所的名詞接續助詞「に」。無任何東西存在時、以「何もありません」表現。

「（表示場所的名詞）有（名詞「動物」）」

木村先生在那裡。

必修例句

A：有誰在公司呢？

B：沒有人在。

A：水族館裡有什麼呢？

B：有海豚。

重點解說

動詞「います」表示有生命的人、生物、動物的存在。表示存在的人、生物、動物的名詞的主語接續格助詞「が」。存在的場所是表示場所的名詞、接續助詞「に」。無任何人存在的場合以「誰もいません」表現。除了人以外的生物存在以「何もいません」表現。

必修会話

張（ちょう）　：先生（せんせい）、教室（きょうしつ）に劉（りゅう）さんがいませんか。

先生（せんせい）：いいえ。いませんよ。

張　：そうですか。

先生：どうしましたか。

張　：劉（りゅう）さんに本（ほん）を返（かえ）します。

「名詞は場所を表す名詞にあります」

金閣寺（きんかくじ）は京都（きょうと）にあります。

必修例文

A：ちり紙（がみ）はどこにありますか。

B：テーブルの上（うえ）にあります。

A：蕎麦（そば）はありませんか。

B：蕎麦（そば）はこの奥（おく）のコーナーにあります。

必修會話

張　：老師、劉小姐不在教室嗎？

老師：沒有，不在。

張　：是嘛。

老師：怎麼了？

張　：書要還劉小姐。

「（名詞）在（表示場所的名詞）」

金閣寺在京都。

必修例句

A：衛生紙在哪裡呢？

B：在桌上。

A：有蕎麥嗎？

B：蕎麥在這裡面的角落。

重點解說

存在的事物接續格助詞「は」提示主題並敘述存在所在。此時主題的事物，只限於說話者和聽者雙方都知道的事物。

必修会話

豊田（とよた）：台北（タイペイ）101ビルはどこにありますか。

蒋（しょう）：信義区（しんぎく）にあります。

豊田：ここから遠（とお）いですか。

蒋：そんなに遠（とお）くありません。

豊田：じゃあ、一緒（いっしょ）に101ビルへ行（い）きませんか。

蒋：いいですよ。行（い）きましょう。

7-09:05

「名詞は場所を表す名詞にいます」

鈴木（すずき）さんは会議室（かいぎしつ）にいます。

必修例文

A：家族（かぞく）は台北（タイペイ）にいますか。

B：いいえ。高雄（たかお）にいます。

A：猫（ねこ）はどこにいますか。

B：机（つくえ）の下（した）にいます。

必修會話

豊田：台北101大樓在哪裡呢？
蔣　：在信義區。
豊田：離這裡遠嗎？
蔣　：不怎麼遠。
豊田：那就一起去101大樓吧。
蔣　：好啊。走吧。

「（名詞）在（表示場所的名詞）」

鈴木小姐在會議室裡。

必修例句

A：家人在台北嗎？
B：沒有，在高雄。

A：貓在哪裡呢？
B：在桌子底下。

重點解說

存在的人物接續格助詞「は」提示主題並敘述存在所在。此時主題的事物，只限於說話者和聽者雙方都知道的事物。

6 ただ今進行中(いましんこうちゅう)。

8-00:09

動詞の現在進行形

「動詞て形います」

今(いま)、ご飯(はん)を食(た)べています。

必修例文

A：外(そと)の天気(てんき)はどうですか。

B：今(いま)、雨(あめ)が降(ふ)っています。

A：今(いま)、何(なに)をしていますか。

B：テレビを見(み)ています。

必修会話

蔡(さい)　：もしもし、田中(たなか)さんですか。

田中(たなか)：蔡(さい)さんですか。

蔡　：はい。田中(たなか)さんは今何(いまなに)をしていますか。

田中：韓国(かんこく)ドラマのVCDを見(み)ています。

❻ 現在正在進行中

動詞的現在進行式

「正在（動詞）～」

現在正在吃飯。

必修例句

A：外面的天氣如何呢？
B：現在正在下雨。

A：現在正在做什麼呢？
B：現在正在看電視。

必修會話

蔡　：喂喂，田中先生嗎？
田中：蔡小姐嗎？
蔡　：是的。田中先生現在在做什麼呢？
田中：正在看韓劇的VCD。

重點解說

「て」或「で」結尾的活用是「て形」。動詞て形（動詞連用形）接續「います」表示動詞所有的動作、行為是現在進行中。動詞的「て形」變化依動詞種類而不同。動詞的種類、語尾活用是以「ます」為語尾。「ます形」的「ます」所接續的音依照語幹最後的音分為三大類：一、一類動詞（五段動詞）：「聴きます」「買います」等語幹以五十音的「い」段結尾。二、二類動詞（一段動詞）：「食べます」「見せます」等語幹以五十音的「え」段結尾，「見ます」「います」「寝ます」等語幹是一音節。三、三類動詞（サ行變格活用、カ行變格活用）：「します」「来ます」。

蔡　：面白(おもしろ)いですか。

田中：面白(おもしろ)いですよ。

8-01:16

習慣性の行為

「動詞て形います。」

私(わたし)の会社(かいしゃ)はIC部品(ぶひん)を作(つく)っています。

私(わたし)は食品会社(しょくひんがいしゃ)で働(はたら)いています。

必修例文

A：この会社(かいしゃ)は何(なに)をしている会社(かいしゃ)ですか。

B：建築設計(けんちくせっけい)をしています。

A：お仕事(しごと)は何(なん)ですか。

B：洋服(ようふく)を売(う)っています。

A：電池(でんち)はどこで売(う)っていますか。

B：コンビニエンスストアで売(う)っています。

蔡　：有趣嗎？
田中：很有趣哦。

習慣性的行為

「動詞て形います」

我們公司制作IC零件。
我在食品公司工作。

必修例句

A：這家公司是做什麼的呢？
B：在做建築設計的。

A：您的工作是什麼呢？
B：販賣服裝的。

A：電池在哪裡賣呢？
B：便利商店有在賣。

重點解說

「動詞て形+います」可以表示反覆的習慣性行為或職業、身分。

必修会話

斉藤（さいとう）：丁（てい）さんは、どこの会社（かいしゃ）で働（はたら）いていますか。

丁（てい）　：松本電器（まつもとでんき）で働（はたら）いています。

斉藤：松本電器（まつもとでんき）は何（なに）をしている会社（かいしゃ）ですか。

丁　：家庭用（かていよう）の電器製品（でんきせいひん）を作（つく）っています。

斉藤：じゃあ、丁（てい）さんは何（なん）の仕事（しごと）をしていますか。

丁　：私（わたし）は営業（えいぎょう）のアシスタントをしています。

動作の結果の持続

「動詞て形います。」

私（わたし）は台北（タイペイ）に住（す）んでいます。

必修例文

A：寒（さむ）いですね。

B：窓（まど）が開（あ）いています。

A：朝（あさ）ごはんを食（た）べましたか。

B：いいえ。まだ食（た）べていません。

必修會話

齊藤：丁先生在哪裡的公司工作呢？

丁　：在松本電器工作。

齊藤：松本電器是在做什麼的公司呢？

丁　：在製作家庭用的電器用品。

齊藤：那麼，丁先生是在做什麼工作呢？

丁　：我是做業務的助手。

動作結果的持續

「動詞て形います。」

我住在台北。

必修例句

A：好冷哦。

B：窗子是開著的。

A：吃過早飯了嗎？

B：沒有。還沒吃。

重點解說

「動詞て形＋います」表示某個動作、行為的結果持續。表示「和某人相識」或是「有某方面的知識」的時候，以「知っています」表示。否定形為「知りません」。

必修会話

木下：曹さんは、結婚していますか。

曹　：はい。去年の1月に結婚しました。

木下：じゃあ、頼さんは？

曹　：頼さんも結婚しています。木下さんは？

木下：私はまだ結婚していません。

動詞の活用変化「一類動詞」

ます形：かいます（買います）　いきます（行きます）　いそぎます（急ぎます）
かします（貸します）　まちます（待ちます）　あそびます（遊びます）
のみます（飲みます）　かえります（帰ります）

語幹：かいます　いきます　いそぎます　かします　まちます
あそびます　のみます　かえります

過去形：

かいます	かいました
いそぎます	いそぎました
まちます	まちました
のみます	のみました

いきます	いきました
かします	かしました
あそびます	あそびました
かえります	かえりました

て形：

かいます	かいて
いそぎます	いそいで
まちます	まって
のみます	のんで

いきます	いって
かします	かして
あそびます	あそんで
かえります	かえって

ない形：

かいます	かかない
いそぎます	いそがない
まちます	またない
のみます	のまない

いきます	いかない
かします	かさない
あそびます	あそばない
かえります	かえらない

必修會話

木下：曹先生結婚了嗎？

曹　：是的。去年1月結婚的。

木下：那麼賴先生呢？

曹　：賴先生也結婚了。木下小姐呢？

木下：我還沒結婚。

動詞の活用変化「一類動詞」

辞書形：

かいます	かう
いそぎます	いそぐ
まちます	まつ
のみます	のむ

いきます	いく
かします	かす
あそびます	あそぶ
かえります	かえる

た形（普通形過去）：

かいます	かった
いそぎます	いそいだ
まちます	まった
のみます	のんだ

いきます	いった
かします	かした
あそびます	あそんだ
かえります	かえった

動詞の活用変化「二類動詞」

ます形：います おきます（起きます）　たべます（食べます）
おしえます（教えます）みます（見ます）

語幹：　います おきます　たべます　おしえます　みます

過去形：

います	いました
たべます	たべました
みます	みました

おきます	おきました
おしえます	おしえました

7 お願(ねが)いしま～す。

指示・要求

「動詞て形ください」

この単語(たんご)の意味(いみ)を教(おし)えてください。

ここに名前(なまえ)を書(か)いてください。

ぜひ連絡(れんらく)してください。

必修例文

（依頼）

A：先生(せんせい)、ここをもう一度(いちど)説明(せつめい)してください。

B：いいですよ。

（指示）

A：ご注文(ちゅうもん)のお客(きゃく)さまはこちらに並(なら)んでください。

B：この列(れつ)ですね。

⑦ 拜託…。

指示・要求

「請（動詞）」

請教一下這個單字的意思。

請在這裡寫下名字。

請務必要連絡。

必修例句

（委託）

A：老師，這裡請再說明一次。

B：好啊。

（指示）

A：要點餐的客人請在這裡排隊。

B：這一排是吧。

重點解說

「動詞て形+ください」使用於委託、指示或勸誘聽者作某事的時候。

（勧誘）

A：引越(ひっこ)ししました。新(あたら)しい家(いえ)に来(き)てください。

B：ありがとうございます。

必修会話

佐々木(さきき)：王(おう)さん、こっちこっち！

王(おう)　　：何(なん)ですか？

佐々木：いいから、ここに座(すわ)ってください。

王　　：ここですか。

佐々木：座(すわ)ったら目(め)をつぶってください。

王　　：はい。つぶりました。

佐々木：王(おう)さん、誕生日(たんじょうび)おめでとう！これは皆(みんな)からのプレゼントです。

許可

「動詞て形もいいです。」

中(なか)に入(はい)ってもいいです。

（勸誘）

A：我搬家了。請來我的新家玩。

B：謝謝。

必修會話

佐々木：王先生，這邊這邊！

王　　：什麼事？

佐々木：沒事，請在這裡坐一下。

王　　：這裡嗎？

佐々木：請坐下後，眼睛閉起來。

王　　：好。閉上了。

佐々木：王先生，生日快樂！這是大家送的生日禮物。

許可

「可以（動詞）」

可以進去嗎？

必修例文

A：ここで写真(しゃしん)を撮(と)ってもいいですか。

B：いいですよ、どうぞ。

A：今日(きょう)はもう帰(かえ)ってもいいですよ。

B：そうですか。ではお先(さき)に失礼(しつれい)します。

必修会話

中島(なかじま)：わあ、大(おお)きな会場(かいじょう)ですね。

陳(ちん)　：はい。ここは台北(タイペイ)でいちばん大(おお)きい展覧会場(てんらんかいじょう)です。

中島：人(ひと)が多(おお)いですね。そして色々(いろいろ)なものがありますね。

陳　：そうですね。

中島：陳(ちん)さん、このパンフレットもらってもいいですか。

陳　：いいですよ。どうぞ。

必修例句

A：可以在這裡照相嗎？

B：好啊，請。

A：今天可以回去了呦。

B：是嘛。那我就先告辭了。

必修會話

中島：哇，好大的會場哦。

陳　：是啊。這裡是台北最大的展覽會場。

中島：人好多哦。而且有各式各樣的東西。

陳　：是啊。

中島：陳先生，我可以拿這份廣告DM嗎？

陳　：好啊。請拿。

重點解說

表示對於聽者的動作或行為給予許可，允許某樣動作或行為。動詞て形之後也可以接「もかまいません」。「動詞て形＋もいいですか」成為疑問句時、表示尋求聽者允許說話者的行為。

強い禁止

「動詞て形はいけません。」

ここで食べ物を食べてはいけません。

必修例文

A：ここで写真を撮ってもいいですか。

B：館内では写真を撮ってはいけません。

A：窓から顔を出さないでください。

B：すいません。

必修会話

原田：きれいな海ですね。

黄　：後で海鮮料理を食べましょう。

原田：あ、ウニだ！

黄　：原田さん、海のものを勝手に取ってはいけませんよ。

原田：そうですね。すいません。

強烈禁止

「不可以（動詞）」

不可以在這裡吃東西。

必修例句

A： 可以在這裡照相嗎？

B：在館內不可以照相。

A：頭請不要探出窗外。

B：對不起。

必修會話

原田：好漂亮的海哦。

黃　：待會兒去吃海鮮吧。

原田：啊，是海膽！

黃　：原田小姐，不可以隨便拿海裡的東西哦。

原田：是嘛。對不起。

重點解說

表示關於一般的事情，禁止或阻止聽者的行為。由於此表達非常直接，所以除了父母對子女、老師對學生、上司對部下的場合之外不使用比較好。「動詞て形＋はいけませんか」詢問說話者本身行為，委婉徵求同意之疑問句。A:先生、私も一緒に行ってはいけませんか。B:うん、いいでしょう。

8 タバコを吸(す)わないでください

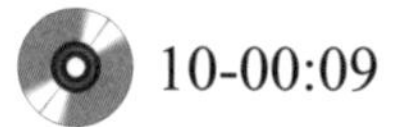

要求・指示

「動詞ない形ないでください。」

お酒(さけ)を飲(の)まないでください。

必修例文

A：わあ、雪(ゆき)だ！

B：走(はし)らないでください！転(ころ)びますよ。

A：これは傘立(かさた)てです。ゴミを捨(す)てないでください。

B：すいません。

A：もう大丈夫(だいじょうぶ)です。心配(しんぱい)しないでください。

B：そうですか。よかったですね。

⑧ 請不要抽菸。

要求・指示

「不可以（動詞）」

請不要喝酒。

必修例句

A：哇，下雪了！

B：請不要用跑的！會跌倒哦。

A：這是傘架哦。請不要丟垃圾。

B： 對不起。

A：已經好了，請不要擔心。

B： 是嘛。太好了。

重點解說

動詞接續「ないでください」表示請求聽者不做某樣動作、行為。ない形變化的接續規則和動詞「て形」分三類。1) 一類動詞語幹的最後語音是「あ」段的變化。「書きます」變化為「書かない」、「泳ぎます」變化為「泳がない」、「遊びます」は「遊ばない」、「死にます」は「死なない」、「貼ります」變化為「貼らない」、「立ちます」變化為「立たない」。語幹以「い」結尾時變化為「わ」。2) 二類動詞是「ます」變化為「ない」。例如：「食べます」變化為「食べない」、「教えます」變化為「教えない」等。3) 三類動詞是「します」和二類動詞一樣，「ます」變化為「ない」、「します」變化為「しない」。「来ます」變化為「来（こ）ない」。

必修会話

医者（いしゃ）：どうしましたか。

陸（りく）　：熱（ねつ）があります。それから、のどが痛（いた）いです。

医者：風邪（かぜ）ですね。薬（くすり）を3日分（かぶん）出（だ）しましょう。

陸　：今日（きょう）はお風呂（ふろ）に入（はい）ってもいいですか。

医者：今日（きょう）はお風呂（ふろ）に入（はい）らないでください。

陸　：分（わ）かりました。

10-01:31

「動詞ない形+なくてもいいです。」

明日（あした）は来（こ）なくてもいいです。

必修例文

A：明日（あした）は祝日（しゅくじつ）です。会社（かいしゃ）に来（こ）なくてもいいです。

B：わかりました。

必修會話

醫生：怎麼了？
陸　：在發燒。而且喉嚨痛。
醫生：感冒了。開三天的藥。
陸　：今天可以泡澡嗎？
醫生：今天請不要泡澡。
陸　：知道了。

解說

動詞ない形接續「なくてもいいです」表示向聽者傳達不需要做某樣動作、行為。

「可以不（動詞）」

明天可以不來。

必修例句

A：明天是假日。可以不用來公司。
B： 知道了。

必修会話

蘇（そ）　：引越（ひっこ）しはたいへんですね。手伝（てつだ）います。

堀内（ほりうち）：はい、ありがとうございます。

蘇　：この棚（たな）はどこに置（お）きますか。

堀内：そこに置（お）いてください。

蘇　：このテーブルは？

堀内：そのテーブルは動（うご）かさなくてもいいです。

義務

「動詞ない形なければいけません。」

市役所（しやくしょ）に行（い）かなければなりません。

必修例文

A：日曜日（にちようび）、会社（かいしゃ）に行（い）かなければ
　　いけませんか。

B：はい。仕事（しごと）がたくさんあります。

必修會話

蘇　：搬家很辛苦哦。我來幫忙吧。

堀內：好，謝謝。

蘇　：這個架子要放哪裡呢？

堀內：請放在那裡。

蘇　：這張桌子呢？

堀內：那張桌子不用動。

義務

「必須（動詞）」

必須去區公所。

必修例句

A：星期天必須去公司嗎？

B：是的。還有許多工作。

重點解說

「動詞ない形」之後接續「なければいけません」或「なければならない」可以表示有需要或義務做某項行為。「なければならない」常用於文書體。

9 鼻(はな)から水(みず)を飲(の)むことができます。

11-00:09

名詞句

「動詞辞書形ことです。」

私(わたし)の趣味(しゅみ)は絵(え)を描(か)くことです。

必修例文

A：趣味(しゅみ)は何(なん)ですか。

B：野球(やきゅう)の試合(しあい)をテレビで見(み)ることです。

A：今日(きょう)、経済学(けいざいがく)の講義(こうぎ)がないことを知(し)っていますか。

B：知(し)りませんでした。

必修会話

広田(ひろた)：趙(ちょう)さん、好(す)きなものは何(なん)ですか。

趙(ちょう)　：絵(え)です。

広田：絵(え)を見(み)ることが好(す)きですか。

趙　：はい。でも絵(え)を描(か)くことも好(す)きですよ。

❾ 可以通過鼻子喝水。

名詞句

「是（動詞）」

我的興趣是畫畫。

必修例句

A：你的興趣是什麼呢？

B：看棒球賽的轉播。

A：經濟學今天不上課，你知道嗎？

B：不知道。

必修會話

廣田：趙先生你喜歡什麼呢？

趙　：繪畫。

廣田：喜歡看畫嗎？

趙　：是的。但是也喜歡畫畫。

重點解說

動詞的原形是動詞的基本活用形。動詞從「ます形」變化為「原形」。活用依照動詞的三分類：1）一類動詞語幹的最後語音是五十音「う段」的變化。例如：「行きます」變化為「行く」、「急ぎます」變化為「急ぐ」、「読みます」變化為「読む」、「遊びます」變化為「遊ぶ」、「乗ります」變化為「乗る」、「言います」變化為「言う」、「持ちます」變化為「持つ」、「返します」變化為「返す」。2）二類動詞的「ます」變化為「る」。3）三類動詞的「します」變化為「する」、「来ます」變化為「来る」。

11-01:13

能力

「（動詞辞書形こと／名詞）が
できます。」

私はピアノを弾くことができます。

木村さんはドイツ語ができます。

必修例文

A：クレジットカードで払うことができますか。

B：はい。できます。

A：車の運転ができますか。

B：いいえ。できません。

必修会話

蔡　：**武田さんは泳ぐことができますか。**

武田：はい。夏はよく海やプールで泳ぎます。

蔡　：**いいですね。私は泳ぐことが全然できません。**

武田：水の中は気持ちいいですよ。

能力

「會（動詞）」

我會彈鋼琴。
木村先生會德語。

必修例句

A：可以用信用卡付費嗎？
B：是的，可以。

A：會開車嗎？
B：不，不會。

必修會話

蔡　：武田先生會游泳嗎？
武田：會。夏天常去海邊或游泳池游泳。
蔡　：真好。我完全不會游泳。
武田：在水中很舒服。

重點解說

動詞原形接續「ことができます」，名詞接續「ができます」表示實行動作、行為的能力。

「こと」接續在動詞之後表示此動詞或其內容名詞化。「できます」表示實行某件事或狀態、能力的動詞。格助詞「が」當作可能的動詞使用時、接續在對象的事物之後。

名詞是樂器演奏、購物、運動等表示動作、行為較多使用。

10 日本に行ったことがあります。

12-00:10

経験

「動詞た形ことがあります。」

納豆を食べたことがあります。

必修例文

A：飛行機に乗ったことがありますか。

B：いいえ、ありません。

A：雪を見たことがありますか。

B：テレビで見たことがあります。

必修会話

工藤：夜市はたくさん食べ物がありますね。

呉　：工藤さん、豚の血を食べたことがありますか。

工藤：豚の血ですか。いいえ、ありません。

呉　：豚の血に挑戦しませんか。

工藤：そうですね…。挑戦します。

⑩ 有去過日本。

經驗

「有過（動詞）」

有吃過納豆。

必修例句

A：有坐過飛機嗎？
B：沒，沒有。

A：有看過雪嗎？
B：在電視裡看過。

必修會話

工藤：夜市有好多吃的哦。
吳　：工藤小姐，有吃過豬血嗎？
工藤：豬的血嗎？沒，沒有。
吳　：要不要挑戰一下豬血呢？
工藤：對啊…。挑戰看看。

重點解說

敘述過去的經驗時，動詞活用變化為過去連用形「た形」。接續「ことがあります」表示其內容。動詞た形的活用變化和「て形」一樣。例如：1) 一類動詞「読みます」變化為「読んだ（て形は『読んで』）」、「聞きます」變化為「聞いた（て形は『聞いて』）」。2) 二類動詞「開けます」變化為「開けた（て形は『開けて』）」、「つけます」變化為「つけた（て形は『つけて』）」。3) 三類動詞「します」變化為「した（て形は『して』）」、「来ます」變化為「来た（て形は『来て』）」。

12-01:15

時間の設定

（動詞辞書形／動詞ない形／動詞た形／い形容詞（…い）／な形容詞（…な）／名詞（の））とき」

日本へ行くとき、台湾のお土産を買いました。

日本へ行ったとき、京都のお土産を買いました。

必修例文

A：いつ、そのシャツを買いましたか。

B：日本に行ったとき、買いました。

A：そのかばんはいつ買いましたか。

B：日本に行くとき買いました。

時間的設定

「…時候」

去日本的時候，買了台灣的土產。

去日本的時候，買了京都的土產。

必修例句

A：什麼時候買的襯衫呢？
B： 去日本的時候買的。

A：那個皮包是什麼時候買的呢？
B： 去日本的時候買的。

重點解說

名詞「とき」有接續二個句子的功用，接在動詞、形容詞、名詞之後，表示其後接續敘述句子的內容狀況或行為等發生的時間。「とき」接續在動詞活用原形之後，表示動詞的動作尚未完成。「とき」接續在動詞活用過去形之後時，表示動詞的動作已經完成。例句中「日本へ行くとき、台湾のお土産を買いました。」是「日本へ行く」的動作尚未完結，表示尚未抵達日本或在日本之外的地方（本句是指台灣）買了土產，「日本へ行ったとき、京都のお土産を買いました。」是「日本へ行った」，表示抵達日本在日本國內（本句是指京都）買了土產。

11 コーヒーが飲(の)みたいです。

13-00:10

好き嫌い

「名詞が好きです／
名詞が嫌いです。」

私(わたし)は映画(えいが)を見(み)ることが好(す)きです。

田中(たなか)さんは苦(にが)いコーヒーが嫌(きら)いです。

必修会話

A：カレーが好(す)きですか。

B：はい。好(す)きです。

A：甘(あま)いものが好(す)きですか。

B：あまり好(す)きじゃありません。

⑪ 我想喝咖啡。

喜好・好惡

「喜歡＋名詞／討厭＋名詞」

我喜歡看電影。

田中先生不喜歡苦咖啡。

必修例句

A：喜歡咖哩嗎？
B：是的，喜歡。

A：喜歡甜的東西嗎？
B：不太喜歡。

重點解說

な形容詞「好きです」和名詞「嫌い」是敘述自己的好惡時使用。此時，助詞「が」接續在好惡對象的名詞之後。表達不喜歡時很少直接使用「嫌いです」。通常是和程度不強的「あまり」以及「好きです」的否定形「好きじゃありません」一起使用。但是，從心底真是不喜歡時也可以使用「嫌いです」回答。

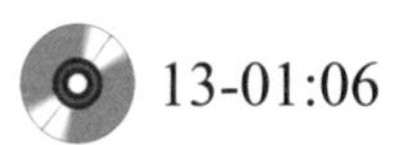

「名詞がよくわかります／名詞が全然わかりません。」

日本語がよくわかります。

野球のルールが全然わかりません。

必修例文

A：この本の内容がわかりますか。

B：はい、とてもよくわかります。

A：この文の意味が全然わかりません。

B：それじゃあ、もう一度説明します。

必修会話

周　：何のスポーツを見ていますか。

望月：これはラグビーですよ。

周　：ルールがわかりますか。

望月：よくわかります。学生のとき、クラブに入っていました。

「很了解／完全不知道」

很了解日語。
完全不知道棒球的規則。

必修例句

A：了解這本書的內容嗎？
B：是的，很清楚。

A：這個句子完全不懂。
B：那就再說明一次吧。

必修會話

周　：在看什麼運動呢？
望月：這是橄欖球呦。
周　：了解規則嗎？
望月：很清楚。學生時代加入橄欖球隊。

重點解說

動詞「わかります」經常接續「よく」「ぜんぜん」「だいたい」等表示理解程度的副詞。「わかります」接續在助詞「が」之後，其對象就是前面的名詞。表示程度的副詞和肯定形或以及和否定形一起使用。和肯定形合用的副詞（從左至右、程度漸高）例如：1) すこしわかります、だいたいわかります、ほとんどわかります／よくわかります　2) ちょっと好きです、すこし好きです、とても好きです 和否定形合用的副詞（從左至右、程度漸弱）例如：1) 全然わかりません、あまりわかりません　2) 全然好きじゃありません、あまり好きじゃありません、そんなに好きじゃありません

欲求

「名詞が欲しい」

冷(つめ)たい飲(の)み物(もの)が欲(ほ)しいです。

必修例文

A：今(いま)、何(なに)がいちばん欲(ほ)しいですか。

B：家(いえ)が欲(ほ)しいです。

A：彼女(かのじょ)が欲(ほ)しいですか。

B：今(いま)は欲(ほ)しくないです。

必修会話

王(おう)　：浜野(はまの)さん、これを見(み)てください。

浜野(はまの)：それは新(あたら)しい携帯電話(けいたいでんわ)ですか。

王　：はい。おととい買(か)いました。

浜野：いいですね。私(わたし)も新(あたら)しい携帯電話(けいたいでんわ)が欲(ほ)しいです。

欲求

「想要（名詞）」

想要冰涼的飲料。

必修例句

A：現在最想要什麼呢？
B：想要有自己的房子。

A： 想要女朋友嗎？
B： 現在不想要。

必修會話

王　：濱野先生，請看這個。
濱野：那是新的手機嗎？
王　：是的。前天買的。
濱野：真好。我也想要新的手機。

重點解說

想要將某物或人擁為己有時，表示所想要的對象名詞接續助詞「が」，再接續使用形容詞「欲しい」。

「動詞ます形たい」

おいしい焼肉（やきにく）が食（た）べたいです。

今日（きょう）は勉強（べんきょう）したくないです。

必修例文

A：週末（しゅうまつ）はどこへ行（い）きたいですか。

B：海（うみ）に行（い）きたいです。

A：何（なに）も食（た）べたくないです。

B：病気（びょうき）ですか。

必修会話

葉（よう）：原（はら）さん、ボーナスをもらいましたか。

原（はら）：もらいました。葉（よう）さんは？

葉：私（わたし）ももらいました。原（はら）さんはボーナスで何（なに）を買（か）いたいですか。

原：新（あたら）しいパソコンが買（か）いたいです。

「想要（動詞）」

真想吃好吃的烤肉。
今天不想唸書。

必修例句

A：週末想去哪裡呢？
B：想去海邊。

A：什麼也不想吃。
B：生病了嗎？

必修會話

葉：原先生，拿到年終獎金了嗎？
原：拿到了。葉小姐呢？
葉：我也拿到了。原先生想用年終獎金買什麼呢？
原：我想買新的電腦。

重點解說

動詞ます形（連用形）接續助動詞「たい」可以表示願望、希望或要求。此時他動詞接續助動詞「たい」，目的語接續助詞「を」，「が」也可使用。但是，表示目的語「を」以外的助詞不變化。

例如：水を飲みます。→水が（を）飲みたいです。
アメリカへ行きます。→アメリカへ行きたいです。

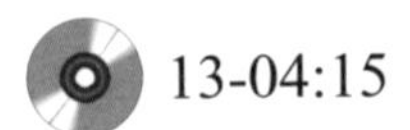

考えを述べる

「動詞／形容詞／名詞普通形と思います。」

鍵(かぎ)は引(ひ)き出(だ)しの中(なか)にあると思(おも)います。

ここの朝は静(しず)かだと思(おも)います。

空港(くうこう)行(ゆ)きのバス停(てい)はここじゃないと思(おも)います。

必修例文

（推量）

A：ここから駅(えき)まで歩(ある)いてどのくらいかかりますか。

B：15分(ふん)くらいかかると思(おも)います。

（意見を述べる）

A：このモデルについて、どう思(おも)いますか。

B：きれいな人(ひと)だと思(おも)います。

敘述想法

「認為（想）動詞／形容詞／名詞普通形」

我想鑰匙在抽屜裡。

我認為這兒的早上很安靜。

我想去機場的巴士站不在這裡。

必修例句

（推測）

A：從這裡到車站步行要多久？

B：我想要15分鐘左右。

（敘述意見）

A：你認為這個模特兒怎麼樣？

B： 我認為她很漂亮。

重點解說

表示動詞「思います」的內容。接續助詞「と」的語句是普通形的活用變化。普通形就是動詞、形容詞、名詞的原形・た形・ない形。可以用於推測或敘述自己的意見。同意對方的意見時，使用「私もそう思います」，不同意時，回答「私はそう思いません。」。

必修会話

推量

木下：張さん、明日会議があることを知っていますか。

張　：はい、知っています。

木下：郭さんがいませんね。郭さんは会議のことを知っていますか。

張　：知らないと思います。後で郭さんに連絡します。

意見を述べる

丁　：藤田さん、台湾に何年住んでいますか。

藤田：3年住んでいます。

丁　：台湾についてどう思いますか。

藤田：にぎやかで、食べ物がおいしいところだと思います。

必修會話

推測

木下：張先生，你知道明天要開會嗎？
張　：是，知道。
木下：郭小姐不在哦。郭小姐知道要開會嗎？
張　：我想她不知道。待會兒連絡一下郭小姐。

敘述意見

丁　：藤田先生，台灣住了幾年了呢？
藤田：住了3年。
丁　：你認為台灣怎麼樣呢？
藤田：我認為是很熱鬧，東西很好吃。

動詞の活用変化「二類動詞」

て形：

います	いて	おきます	おきて
たべます	たべて	おしえます	おしえて
みます	みて		

ない形：

います	いない	おきます	おきない
たべます	たべない	おしえます	おしえない
みます	みない		

辞書形：

います	いる	おきます	おきる
たべます	たべる	おしえます	おしえる
みます	みる		

た形（普通形過去）：

います	いた	おきます	おきた
たべます	たべた	おしえます	おしえた
みます	みた		

引用

「普通形／文と言います。」

ご飯を食べる前に「いただきます」と言います。

木村さんは、この本はもう読んだと言いました。

必修例文

直接引用

A：きのう、呂さんは何と言いましたか。

B：呂さんは「来月日本へ行きます」と言いました。

間接引用

A：きのう、呂さんは何と言いましたか。

B：呂さんは、来月日本へ行くと言いました。

引用

「說～」

吃飯前說：「要開動了」。

木村小姐說已經讀過這本書了。

必修例句

直接引用

A：昨天，呂先生說了什麼呢？

B：呂先生說「下個月去日本」。

間接引用

A： 昨天，呂先生說了什麼呢？

B： 呂先生說下個月去日本。

重點解說

接續助詞「と」表示動詞「言います」的內容。引用人們（包含自己）的發言時使用；直接引用是依照實際說話的內容，文書體引用發話內容時以「」區別。間接引用是敘述當時會話的狀況、變化，引用說話者的發言內容，此時引用句子的時態不受限制。

必修会話

佐藤(さとう)：許(きょ)さん、金曜日(きんようび)のパーティーに行(い)きますか。

許(きょ)　：はい、行(い)きます。

佐藤：許(きょ)さんの友(とも)だちの荘(そう)さんはどうですか。

許　：荘(そう)さんは、パーティーに行(い)かないと言(い)いました。

13-07:40

「動詞普通形／形容詞普通形／名詞でしょう？」

富士山(ふじさん)はきれいだったでしょう？

必修例文

A：冬(ふゆ)の北海道(ほっかいどう)は寒(さむ)かったでしょう？

B：はい、とても寒(さむ)かったです。

A：来週(らいしゅう)の日曜日(にちようび)はひまでしょう？

B：いいえ、忙(いそが)しいです。レポートを書(か)きます。

必修會話

佐藤：許先生星期五去派對嗎？
許　：是，我要去。
佐藤：許先生的朋友莊小姐去嗎？
許　：莊小姐說，不會去派對。

「動詞普通形／形容詞普通形／名詞でしょう？」

富士山很漂亮吧？

必修例句

A：冬天的北海道很冷吧？
B：對啊，非常冷的。

A：下星期天有空吧？
B：沒有，很忙。要寫報告。

重點解說

聽者已經知道或是說話者思考的話題相同時，或是期待聽者的意見時，表示動詞、形容詞、名詞的普通形（名詞是「だ」換為）接續助動詞「でしょう？」句子的語尾發音要上揚。

12 プレゼントをあげます。

物のやりとり（あげます）

「名詞（人物）に名詞をあげます。」

母(はは)に誕生日(たんじょうび)のプレゼントをあげます。

必修例文

A：彼女(かのじょ)に何(なに)をあげますか。

B：ネックレスをあげます。

A：誰(だれ)に中国語(ちゅうごくご)を教(おし)えますか。

B：日本人(にほんじん)の同僚(どうりょう)に教(おし)えます。

必修会話

横山(よこやま)：もうすぐバレンタインデーですね。

徐(じょ)　：そうですね。

横山：奥(おく)さんに何(なに)をあげますか。

徐　：まだ決(き)めていません。

⑫ 饋贈禮物。

授受東西（給）

「送名詞（人物）給名詞」

送生日禮物給母親。

必修例句

A：要送什麼禮物給她呢？
B：送項鍊。

A：教誰中文呢？
B：日本人的同事。

必修會話

橫山：馬上就要情人節了哦。
徐　：是啊。
橫山：要送什麼禮物給你的太太呢？
徐　：還沒決定。

重點解說

動詞「あげます」表示贈送、提供物品給人。主語是給予者，給予或提供聽者或第三者物品，或是聽者對於第三者有同樣的行為等。物品接續助詞「を」，接受對象的人接續助詞「に」。另外，助詞「に」是接續在「貸します」「教えます」「電話します」等動詞對象人物之後。

物のやりとり（もらいます）

「名詞（人物）に／から名詞をもらいます。」

父から腕時計をもらいました。

父に腕時計をもらいました。

必修例文

A：誕生日に何かもらいましたか。

B：母から服をもらいました。

A：何か勉強していますか。

B：アメリカ人の先生に英語を習っています。

必修会話

橋本：日本の歌手の新しいCDですね。

周　：はい。どの曲もいいですよ。

授受東西（得到）

「從名詞（人物）／領受名詞」

從父親領受了手錶（父親送我手錶）。

從父親領受了手錶

必修例句

A： 生日拿到什麼禮物呢？

B：母親送我衣服。

A：你在學習什麼呢？

B：和美國老師學英語。

必修會話

橋本：日本歌手的新CD哦。

周　：是啊。每一首曲子都很好聽。

重點解說

動詞「もらいます」表示從人接受物品。贈送、提供物品的人其後接續助詞「に」或助詞「から」。在物品之後接續助詞「を」。另外，「借ります」「習います」等動詞的句子，其接受物品或動作的人是主語。

橋本：そのCDは買(か)いましたか。

周　：いいえ。鈴木(すずき)さんから借(か)りました。

恩恵の授受

「名詞（人物）は私に名詞をくれます。」

広田(ひろた)さんは私(わたし)にケーキをくれました。

必修例文

A：引越(ひっこ)しのお祝(いわ)いに何(なに)かもらいましたか。

B：田中(たなか)さんは私(わたし)に人形(にんぎょう)をくれました。

A：昨日(きのう)、佐藤(さとう)さんは私(わたし)に本(ほん)をくれました。

B：良(よ)かったですね。

橋本：你買了那張CD嗎？
周　：沒有。向鈴木先生借的。

恩惠的授受

「名詞（人物）送名詞」

廣田先生送我蛋糕。

必修例句

A：搬家的賀禮得到什麼呢？
B：田中小姐送我人形玩偶。

A：昨天佐藤小姐送我書。
B：真好哦。

重點解說

動詞「くれます」表示聽者或第三者是主語。由他們移動或提供說話者身旁的物品。移動的物品其後接續助詞「を」。

必修会話

江(こう)　：豊田(とよだ)さん、何(なに)を飲(の)んでいますか。

豊田(とよだ)：お茶(ちゃ)です。呂(ろ)さんがくれました。

江　：いい匂(にお)いですね。

豊田：江(こう)さんにもこのお茶(ちゃ)を少(すこ)しあげますよ。

「名詞（人物）に名詞を動詞て形あげます。」

私(わたし)は友(とも)だちに中国語(ちゅうごくご)を教(おし)えてあげます。

必修例文

A：夏休(なつやす)みにアメリカへ旅行(りょこう)します。

B：じゃあ、アメリカ観光案内(かんこうあんない)の本(ほん)を貸(か)してあげますよ。

A：日本人(にほんじん)の友(とも)だちが欲(ほ)しいです。

B：私(わたし)の友(とも)だちの日本人(にほんじん)を紹介(しょうかい)してあげます。

必修會話

江　：豐田先生你在喝什麼呢？
豐田：喝茶。呂小姐送的。
江　：好香哦。
豐田：也給江先生一些茶吧。

「給～」

我教朋友中文。

必修例句

A：暑假去美國旅行。
B：那麼我借你美國觀光導覽。

A：我想要認識日本人的朋友。
B：介紹我的日本人朋友給你。

重點解說

「動詞て形＋あげます」使用於說話者對於助詞「に」所指示的人給予好處。但是使用於不熟的人或長輩時會顯得失禮不使用較好。

必修会話

山田：卒業おめでとうございます。

蔡　：ありがとうございます。

山田：仕事は決まりましたか。

蔡　：まだ決まっていません。

山田：じゃあ、私が蔡さんに仕事を紹介してあげます。

「名詞（人物）に動詞て形もらいました。」

私は中島さんに日本のホテルの予約をしてもらいました。

必修例文

A：このパソコンは壊れています。

B：メーカーの人に直してもらいます。

A：この事についてわかりますか。

B：はい。昨日同僚に説明してもらいました。

必修會話

山田：恭喜畢業了。
蔡　：謝謝。
山田：工作決定了嗎？
蔡　：還沒決定。
山田：那麼我介紹工作給蔡先生。

「請～」

我請中島先生幫我預約日本的飯店。

必修例句

A：這台電腦壞了。
B：送去廠商修理。

A：了解這個工作了嗎？
B：是的，昨天同事跟我說了。

「動詞て形＋もらいました」是表示接續助詞「に」的人物對說話者給予好處，說話者對其人物有著感謝的意思。

必修会話

浜野（はまの）：林（りん）さん、きれいなマフラーですね。

林（りん）　：ありがとう。私（わたし）が作（つく）りました。

浜野：すごいですね。

林　：実（じつ）は、母（はは）に手伝（てつだ）ってもらいました。

「名詞（人物）は私に名詞を動詞て形くれます。」

両親（りょうしん）は私（わたし）に生活費（せいかつひ）を送（おく）ってくれました。

必修例文

A：どうして、ここまで来（く）ることができましたか。

B：中田（なかだ）さんが地図（ちず）を書（か）いてくれました。

A：誰（だれ）が手伝（てつだ）ってくれましたか。

B：黄（こう）さんが手伝（てつだ）ってくれました。

必修例句

濱野：林先生，好漂亮的圍巾哦。

林　：謝謝。我做的。

濱野：好厲害。

林　：實際上是我媽媽幫我的。

「給我～」

父母寄生活費給我。

必修例句

A：你怎麼知道如何來的？

B：中田小姐畫地圖給我的。

A：誰幫你的呢？

B：黃小姐幫我的。

重點解說

「動詞て形+くれます」表示有人對說話者給予好處，說話者對其事心存感謝。接續助詞「は」的行為者為說話者自動自發地行動。敘述對於說話者所作的行為時通常將「私に」省略。

13 嘘(うそ)ついたら針千本(はりせんぼん)飲(の)ます。

15-00:10

動作・事情の仮定条件

「（動詞／形容詞・名詞普通形）過去ら、…。」

時間(じかん)があったら、本(ほん)を読(よ)みます。

必修例文

A：宝(たから)くじが当(あ)たったらどうしますか。

B：宝(たから)くじが当(あ)たったら仕事(しごと)をやめます。

A：雨(あめ)が降(ふ)らなかったら出(で)かけますか。

B：はい。雨(あめ)が降(ふ)らなかったら出(で)かけます。

必修会話

中西(なかにし)：金曜日(きんようび)の夜(よる)は時間(じかん)がありますか。

宋(そう)　：まだわかりません。最近(さいきん)仕事(しごと)が忙(いそが)しいです。

⑬ 說謊的話，要吞一千根針。

動作・事情的假定條件

「～的話」

有時間的話就看書。

必修例句

A：如果中了彩券要怎麼辦？
B： 如果中了彩券就辭職。

A：不下雨的話要出門嗎？
B：是的。不下雨的話就出門。

必修會話

中西：星期五晚上有時間嗎？
宋　：還不知道。
　　　最近工作忙。

重點解說

「たら」是動詞、形容詞、名詞的普通形過去，「ら」是假定形的變化。表示某件事或動作的假定條件時使用。表示假定形的動詞、形容詞、名詞所表示的動作、狀況發生時，「たら」以下所指的事件就成立。「たら」以下也可能接續意志、希望、要求、指示命令等句子。另外，「たら」的特點是用於會話體，但文書體不使用；可用於只發生一次的事情。

中西：じゃ、金曜日の夜、時間があったら電話してください。

宋　：わかりました。

「動詞た形ら、…。」

ご飯を食べたら、出かけます。

必修例文

A：ご飯を食べたら、何をしますか。

B：ご飯を食べたら、勉強します。

A：いつ買い物に行きますか。

B：4時になったら行きます。

必修会話

町田：そろそろ、帰りましょう。

徐　：もうそんな時間ですか。

町田：このジュースを飲んだら、ここを出ましょう。

徐　：そうしましょう。

中西：那麼星期五晚上有空的話，請打電話給我。
宋　：知道了。

「（動詞）後～」

吃過飯後出門。

必修例句

A：吃過飯後，要做什麼呢？
B：吃過飯後，要唸書。

A：什麼時候去買東西呢？
B：4點的時候去。

必修會話

町田：差不多該走了。
徐　：已經這麼晚了啊。
町田：喝完果汁就走吧。
徐　：好吧。

重點解說

「動詞た形＋ら」使用於將來確定會發生的事件或行為、狀況完結之後，敘述某樣行為、動作發生、發生某種狀況，確定條件時使用。確定條件的用法「から」以下的句子不用過去形。這也是只用於會話體，只發生一次的事情。

仮定の逆接

「（動詞て形／い形容詞て形／な形容詞て形／名詞で）も、…。」

謝(あやま)っても許(ゆる)しません。

頭(あたま)が痛(いた)くても会社(かいしゃ)に行(い)きます。

必修例文

A：このパソコン、スイッチを入(い)れても動(うご)きません。

B：故障(こしょう)だと思(おも)います。直(なお)してもらいましょう。

A：野菜(やさい)は嫌(きら)いです。

B：嫌(きら)いでも食(た)べなければなりません。

假定的逆接

「即時～也～」

即使道歉也不原諒。
即使頭痛也要去公司。

必修例句

A：這台電腦，即使打開開關也不動。
B：我想是故障了。送去修理吧。

A：我不喜歡蔬菜。
B： 即使不喜歡也要吃。

重點解說

動詞・形容詞・名詞的て形接續「も」的句子，表示從某件事或動作狀況預料一般性的結果或相反的結果時使用。「動詞た形ら、…」是表示相反的意思。

國家圖書館出版品預行編目資料

世界最簡單：日語文法 / 朱讌欣, 田中紀子合著.
-- 新北市：哈福企業有限公司, 2023.05
面； 公分. -- (日語系列; 26)
ISBN 978-626-97124-2-7(平裝)
1.CST: 日語 2.CST: 語法

803.16 112003981

免費下載QR Code音檔
行動學習，即刷即聽

世界最簡單：日語文法
(附 QR Code 行動學習音檔)

作者／朱讌欣，田中紀子
責任編輯／ Lilibet Wu
封面設計／李秀英
內文排版／ 林樂娟
出版者／哈福企業有限公司
地址／新北市淡水區民族路 110 巷 38 弄 7 號
電話／ (02) 2808-4587
傳真／ (02) 2808-6545
郵政劃撥／ 31598840
戶名／哈福企業有限公司
出版日期／ 2023 年 5 月
台幣定價／ 349 元 (附 QR Code 線上 MP3)
港幣定價／ 116 元 (附 QR Code 線上 MP3)
封面內文圖 / 取材自 Shutterstock

全球華文國際市場總代理／采舍國際有限公司
地址／新北市中和區中山路 2 段 366 巷 10 號 3 樓
電話／ (02) 8245-8786
傳真／ (02) 8245-8718
網址／ www.silkbook.com 新絲路華文網

香港澳門總經銷／和平圖書有限公司
地址／香港柴灣嘉業街 12 號百樂門大廈 17 樓
電話／ (852) 2804-6687
傳真／ (852) 2804-6409

email ／ welike8686@Gmail.com
facebook ／ Haa-net 哈福網路商城

電子書格式：PDF